W0280713

Vorwort

Es ist ein ständiges Kommen und Gehen und die Zeit zerfließt und zerrinnt. Das Jahr gehorcht dem natürlichen Rhythmus und um die Weihnachtszeit scheint die Zeit still zu stehen.
Wir haben urplötzlich Zeit zum Verweilen, Zeit zum Verschenken und einfach Zeit, unsere Gedanken und geheimen Wünsche zu ordnen.

Ich schreibe diese Kindheitserinnerungen und Sagen jetzt in der stillsten Zeit im Jahr, weil aus einer großen Freude und inneren Ruhe der Wunsch wächst, mit Begeisterung zu erzählen. Ich darf mich der kostbaren Stunden bedienen und werde nicht von der Uhr getrieben. Ich versetze mich in eine Zeit zurück, wo statt der Computerspiele einfache überlieferte Geschichten Stimmung erzeugen und die Phantasie anregen. Die fragenden Kinderaugen und wachsende Spannung ermuntern uns, fast Vergessenes festzuhalten, damit es weiterlebt und Freude bereitet.
In ungetrübter Geborgenheit in einer kinderreichen Familie eines Erbhofbauern in der hintersten Wildschönau war der Rhythmus der Natur der spürbare Puls des Lebens. Die Ereignisse überstürzten sich nicht nur durch die Elektrifizierung, das Radio, die Hoferschließung und den wirtschaftlichen Strukturwandel in einem Hochtal, es gesellen sich Sensationen wie die Genmanipulation und die Globalisierung mit allen Auswüchsen zum Segen und zum Verhängnis in rasantem Tempo dazu. Der bemessene und empfundene Zeitbegriff der langsamen Abläufe in der freien Natur mit dem Sonnenaufgang und der Veränderung der Mondsichel fällt der exakten Uhrzeit und Terminplanung zum Opfer, wenn wir das zulassen.
Ich unternehme hier den gewagten Versuch, mit einfachen Worten Kindheitserinnerungen wachzuhalten, um die Gegenwart bewusster erleben zu können und mit traumhaften Visionen die Zukunft zu gestalten. Es gilt hier zwischen den Zeilen zu lesen und dazu wünsche ich viel Freude!

Die Zeit nimmt ihren Lauf

In den Rauhnächten wird Weihrauchduft verschwendet und jeder Winkel wird gesegnet und ausgeräuchert, damit böse Geister keine Chance haben. Der Tag nimmt wieder zu und seit der Wintersonnenwende legt die Bienenkönigin in wachsenden Kreisen ihr Brutnest an. »Zu Weihnachten um an Muggngaugletzer, zu Neujahr um an Hahnentritt, zu Dreikönig um an Hirschensprung und zu Lichtmess um a ganze Stund!«, so heißt es doch. Das ausgelassene Faschingstreiben mit den Brotfesten auf entlegenen Bauernhöfen, wo Nachbarschaften sich treffen zum Plaudern und Tanzen, zum Kartenspielen und zu Gesellschaftsspielen, wurde früher überall gepflegt. Das Grammophon mit dem ausgelegten Schallrohr und einer nicht selten unsanft kreischenden Nadel wurde aufgezogen und zwischendurch nachgekurbelt, damit der Schwung nicht nachlässt. Der Aschermittwoch setzte solcher Ausgelassenheit ein jähes Ende und es wurde die Fastenzeit durch das trockene Brot ohne Butter und die Fastenknödel auch am Tisch spürbar. Von den Heustadeln wurde das Futter über den Harsch heimgebracht und an sonnigen Nachmittagen wurde der nasse Schnee quer durch die steilen Wiesen aufgetürmt, um im Morgenfrost den Mist auszubringen. Bald kündeten die Weidenbäume den nahenden Frühling an und die feinen Zweige mit den silbrigen Kätzchen kamen in den kühlen Keller für den Palmsonntag. Im Stall gab es ständig Überraschungen mit Zicklein und Lämmern, es war eben die Zeit wo neues Leben sich regte, um den Schwung der Natur zu nutzen.

Wir Buben waren stets stolze Bauern, weil uns alles Junggetier gehörte und wir lückenlos dafür zu sorgen hatten, um der Arbeit einen Sinn und dem Leben einen Auftrag zu geben. Kaum aperten die ersten Steilhänge, so galt es die Ziegen hinauszutreiben und ja acht zu geben, dass sie nicht ins Kornfeld kommen und dort den Winterroggen verbeißen. Gleich nach der Schneeschmelze, wenn die Feuchtigkeit noch satt im Herbstmist steckt, lässt sich der Mist mit dem Rechen fein zerreiben. Diese Arbeit folgte dem Winter auf dem Fuß und so waren die Eltern und älteren Geschwister ständig solchen Arbeiten hinterher. Wir Buben hatten auf die Hühner aufzupassen, dass ja Fuchs oder Habicht Abstand hielten vor dem Federvieh. Das Ziegenhüten war nicht immer lustig und gar manches Mal hätten wir diese Biester verwünschen können.

Der gewagte Geißhandel

Genau in so einem Moment, der faden Geißenhüterei überdrüssig, kam ein alljährlicher Besuch zu uns. Der »umgehende Hausierer namens Bärer« aus dem Bregenzerwald war wieder unterwegs. Ein großwüchsiger Mann mit tiefer Stimme und einer wohl sehr gewinnenden Art, begeistert über sein Leinen, seinen Lodenstoff und das wunderschöne Bettzeug zu reden gewohnt. Wir drei jüngeren Buben waren verurteilt, wiedereinmal auf das Haus, die Hühner und unsere Ziegen aufzupassen. Da saßen wir gelangweilt am Holztrog unterm Haus und hatten so den Überblick für unseren Auftrag.

Das hat uns gerade noch gefehlt, dass dieser unabweisbare Hausierer kommt, von dem die Mutter immer meinte, dass er es versteht, den Leuten jedes Mal etwas anzudrehn. Schwer bepackt mit Stoffrollen, mit grauem Loden und buntem Bettzeug, stützte er sich auf seinen Stock. Ich seh ihn heute noch vor mir. »Ihr seid wohl die bravsten Buben im Hochtal, da haben eure Eltern große Freude mit solchen Knechten. Ihr werdet einmal tüchtige Bauern und ganz sicher möchtet ihr eurer Mutter eine Freude machen. Und was es da alles gibt, was der Bärer alles für euch hat, das hat es noch nie gegeben! Wo sind denn eure Eltern? Seid ihr etwa gar allein daheim?« So begann der gütige Hausierer auf uns einzureden und wir erklärten ihm umständlich, dass die Eltern und älteren Geschwister bei der Mistarbeit in der Riedwiese, etwa eine halbe Stunde entfernt, schwere Arbeit haben und erst zur Stallzeit heimkommen.

»Der Bärer kommt nur einmal im Jahr und jedes Mal hat ihm die Mutter etwas abgekauft. Heuer wollte sie ein neues Bettzeug kaufen, das hat sie im Vorjahr versprochen. Was machen wir bloß? Wenn es heuer nicht klappt, ich bin ein alter Mann und werde nie wieder kommen. Es ist die letzte Gelegenheit. Den alten Mann und eure liebe Mutter könnt ihr nicht enttäuschen, ihr müsst einfach zugreifen!«, meinte der treuherzige Händler aus dem hintersten Bregenzerwald. Seine Frau und seine Töchter hätten den langen Winter über gemeinsam mit einigen Nachbarsfrauen gewirkt und gewoben, gestickt und genäht, damit sich die bescheidenen Tiroler Bauernfamilien freuen können am neuen Tuch. Er zeigte uns das neue Bettzeug, so wunderschön hellblau blumig bedruckt und für unsere Begriffe wirklich edelste Spitzenware.

Hier ist wirklich guter Rat teuer. Wir können unmöglich etwas kaufen, weil wir noch nie Geld in den Händen hatten und bei Gott und allen guten Geistern nicht wüssten, wo Geld im Hause sein könnte. Es wäre undenkbar gewesen, in Vaters Kasten danach zu suchen oder sich einfach eigenmächtig heranzuwagen, das Eiergeld der Mutter im Kästchen in der Speis zu überprüfen, ob es vielleicht für ein paar Meter wertvolles Bettzeug reichen könnte. In seiner spitzbübischen Überlegenheit kam unserem hohen Gast der rettende Gedanken, mit jungen Ziegen zu tauschen. Ja, wenn die Sache so ist, dann können wir darüber reden, weil zwei Ziegen schließlich uns gehören. Der Vater hat das immer so ernst gemeint, dass wir keinen Zweifel daran ließen.
»Solche Buben findet man im ganzen Land nicht, die sogar die eigenen Ziegen hergeben, um der Mutter eine Freude zu machen. Das ist rühmlich, das ist großartig, das wird euch der Herrgott lohnen, dafür kommt ihr sicher einmal in den Himmel!«
Mit solchen und ähnlichen Sprüchen versuchte uns der Hausierer zu überzeugen, dass wir eine nahezu göttliche Heldentat vollbringen, eine ganze Bettzeugrolle gegen zwei Ziegen einzutauschen. Wie vom Vater gewohnt, dem wir oft beim Ross- oder Kuhhandel zuschauten, wurde eingeschlagen und der Handel war perfekt. Mit dürftigen Hanfstricken banden wir die Geißen zusammen, sperrten die anderen in den Stall und halfen dem fröhlichen und sichtlich mit dem Handel zufriedenen Mann auf den Weg. Kaum war er über den Hügel nicht mehr sichtbar, begannen wir zu realisieren was geschehen ist. Den wunderschönen Stoffballen legten wir auf den runden Stubentisch, die schrecklich blärrenden Ziegen jagten wir wieder in den Anger und mit gemischten Gefühlen warteten wir der Dinge, die da kommen.

Wir sprachen über mögliche Reaktionen unserer sparsamen Eltern. Vater, der wohl rechtschaffen aber doch sehr streng mit uns ist, könnte doch ein bisschen überrascht sein, oder? Mit bangem Erwarten verging die Zeit und wir sahen schon den ersten Kopf über dem Zaun am Berganger. Vor Respekt, auf den nicht ganz so geglückten Geißhandel mit dem Bärer, waren wir momentan sehr verunsichert. »Was ist denn mit den Kitzlein los, dass sie so fürchterlich schreien und jammern? Habt ihr die Geißen eingesperrt?« Das waren die ersten sehr ernsten Fragen unseres Vaters.
Der Toni, schon manche strenge Strafe gewohnt, schließlich war er zwei Jahre älter als ich, platzte mit der vollen Wahrheit heraus und hatte noch die Frechheit, der Freude Nachdruck zu verleihen, weil ja die Mutter einen Schritt vorstand. »Wir haben unsere beiden Ziegen verkauft, weil der Bärer gekommen ist und für Mutter ganz großartiges Bettzeug gebracht hat. Da können wir endlich alle frische Bettwäsche haben und das gibt es nur einmal. Die jungen Geißen werden größer und bekommen nächstes Jahr schon wieder Zicklein!«
Ein strenger Blick und mit einem Ruck warf der Vater das Werkzeug weg vor Entrüstung und setzte zu einem Donnerwetter an. Doch Mutter verstand die Sprache ihrer Buben sehr wohl, stellte sich dazwischen und besänftigte: »Vater, die Buben sind ja immer so tüchtig, sie haben es gut gemeint und der Bärer ist so raffiniert, lass sie einfach mir eine unschuldige Freude machen. Es wird alles recht!«
So gingen wir gemeinsam wortlos in die Stube. Mutter musterte das Bettzeug, hatte unverkennbar Tränen in den Augen und nahm uns schützend, aber wortlos über die Köpfe streichelnd, zu sich. Da blieb dem Vater nur ein ehrliches Bekenntnis: »Viel traue ich euch zu, aber so ein Geißhandel übertrifft alles Gewesene! Recht sollt ihr haben, macht nur oft der Mutter eine Freude, dann wird alles im Leben gut!«

Der Knecht von Hohlried

Die Pflicht getreu zu erfüllen und den Sonntagsgottesdienst ernst zu nehmen wurde uns von den Missionspredigern zur Fastenzeit nachdrücklich eingeschärft. Schauderhafte Drohungen wurden wortgewaltig ohne Vorbehalt in die Menge der erschrockenen Gläubigen gestreut. Kniefällig wurde die Bereitschaft bestärkt, gottesfürchtig zu gehorchen und sich in den Dienst der guten Sache zu stellen. Die vielen dramatischen Geschichten, die uns dazu erzählt wurden, nahmen wir stets ernst. Wir hatten Respekt, dass es uns nicht so ergeht wie dem Knecht zu Hohlried.

Am stolzen Hohlriederhof, weitum bekannt als ein ganz besonderer Herrenhof, diente dereinst ein treuer Knecht. Der Bauer konnte ihm jede Arbeit schaffen. Er war stets rechtschaffen, zutiefst gläubig und gottesfürchtig. Jeden Sonntag pflegte er in die Kirche zu gehen, aber nicht etwa in das kleine Kirchlein von Auffach, sondern in den »Dom« von Oberau. Der Bauer bot ihm an manchem Schlechtwettertag an, mit dem Fuhrwerk zu fahren, das Ross einzuspannen, doch der Knecht lehnte in seiner Bescheidenheit ab. Er ersparte sich am Sonntag auf diese Weise die Stallarbeit, weil er schon zur Frühmesse pünktlich sein wollte und den dreistündigen Marsch beizeiten anzutreten hatte. »Auf solchen Segen darf man ja nicht verzichten!«, bekannte der Erbhofbauer stolz und gewährte ihm dies aus Überzeugung. Weil der Segen vom Hauptamt extra ausgiebig ist, sollte er nur bleiben und sich dann beim Kellerwirt umhören was es Neues gibt.

So wurde also der Hohlrieder Knecht in der Auffacher Kirche sein Leben lang nicht gesehen und es hat sich herumgesprochen, dass er wohl früher oder später heiliggesprochen werden könnte, ob seines weiten Kirchweges. Niemand hatte Anlass daran zu zweifeln, weil sich die Menschen auch selten über den Ortsbereich hinaus um Dinge, die sie nicht direkt betreffen, kümmerten.
Besagter Knecht wurde ganz plötzlich von der Kopfgrippe überrascht, wie es halt früher für unvorhersehbare Krankheiten hieß, und selbst bei übertriebener Frömmigkeit half kein Kräutlein und er segnete das Zeitliche. Dem unbeugsamen Stolz eines Bauern geziemend, wurde der treue Diener seines Herrn in der Stube aufgebahrt und nach Brauch und Sitte am dritten Tag mit dem Pferdegespann in Begleitung der Dorfbewohner zum Friedhof gebracht. Wie der betende Leichenzug in Frömmigkeit vertieft außerhalb von Riedstall am Heustadel vorbei kommt, fährt plötzlich etwas Weißes durch das Schindeldach. Die Pferde machten einen mächtigen Satz über den Weg, den Sarg schleuderte es in weitem Bogen in ein Rinnsal, der Deckel sprang zum Entsetzen der Gläubigen auf und die blasse, entstellte Leiche purzelte ein Stück bergab. Das Zusammenhelfen ist in so einer Talgemeinschaft Lebensprinzip und mit ein paar Nägeln war die Truhe wieder geflickt und die verscheuchten Tiere wurden von stämmigen Bauern in Zaum gehalten. Alles nahm wieder seinen wohlgeordneten Verlauf.
Der Hohlriederbauer wurde über diese Begebenheit stutzig und es ließ ihm keine Ruhe mehr. Am Heimweg forschte er im Heustadel und fand Decken und Kissen vor, die ihm schon lange daheim fehlten.

Es gingen ihm verschiedene Gedanken im Kopf um, aber er wollte als rechtschaffener Bauer den Knecht nicht verleumden. So entschloss er sich, noch am selben Abend nach Oberau zu gehen, um dort mit dem Pfarrer zu reden. Es überkamen ihn die düstersten Gedanken und so wunderte er sich, dass weder der Pfarrer noch der Mesner von einem sonntäglichen Kirchenbesuch des Knechtes wussten.
Auf dem Heimweg lehnte er sich gar manches Mal an einen Baumstamm und horchte in das Rauschen der Wipfel. Die Habergeiß trug mit ihrem unheimlichen Rufen ihren Teil dazu bei, angestrengt zu grübeln und zu sinnieren. Da stapfte der alte Aufsichtsjäger durch den Hohlweg. Dieser Begegnung folgte eine lange Unterredung und der Jäger besiegelte des Bauern erste schlimme Vermutung. Der Knecht nahm sich jeden Sonntag die Freiheit heraus, im Heustadel so richtig wohlig ein Schläfchen zu machen und den Herrgott einen guten Mann sein zu lassen. Zur Strafe muss der gequälte Knecht noch heute den Kirchgang fortsetzen, zwei Schritte vor und einen zurück talauswärts.

Zeit des Erwachens

Wenn das erste Gras spitzt, gackern die Hennen länger und öfter und lauter. Da lärmen sie in der Hennsteige, in der Tenne und sogar unter dem Feldkasten in den Hobelspänen und unter den Ribiselstauden. Es kommt der Lenz und das mit ganzer Kraft. Das Brennholz ist für den nächsten Winter gerichtet, dafür wurde die wärmende Sonne des Vorfrühlings genutzt. Die Rinnsale vom Schmelzwasser versiegen und es kehrt wieder wohlgeordnet ersehntes Wachstum ein und die Wiesen ergrünen zart. Neben den vielen Osterbräuchen hat mich immer der Gründonnerstag mit dem Baumbeten fasziniert. Die Bauersleute gehen am späten Nachmittag in den Obstanger. Jeder kniet sich allein andächtig zu einem ihm besonders vertrauten Baum, verweilt eine Zeit lang, eben wie damals der Heiland am Ölberg.
Zeitig in der Früh werden alle Eiernester der Hühner ausgeräumt und jene Gründonnerstageier, die ab dem Sonnenaufgang gelegt werden, kommen am Ostersonntag zur Osterweihe in die Kirche und werden dann gesondert behandelt. Im Stall unter dem Barren von kranken Kühen wird eines eingegraben, auf einem Lahnbruch in steiler Wiese oder an wasserzügigen Gräben im Wald kommt eines ins Erdreich und vor allem muss jeder davon am Ostersonntag eines zu sich nehmen.
Auf die genaue Frage, warum eigentlich exakt Gründonnerstageier so wirksam wären, gab es scheinbar keine Antwort, da hieß es einfach aus Respekt zu schweigen. Es gab ja sehr vieles, worüber nie gesprochen wurde, was ganz geheimnisvoll behütet wurde.

Meine Mutter kam als Magd aus dem Bergdorf Thierbach in die Nachbarschaft, ehe sie stolze Erbhofbäuerin wurde. Eine stolze Bäuerin zu sein hat nichts mit Hochmut zu tun, das spürt man spätestens dann, wenn sie mit dem Kassettl und wallendem Schnurhut eine Schar Kinder zum Festtag geleitet. Da begreift man den Auftrag einer Bäuerin und spürt den hohen Stellenwert für unsere Kultur im Lande. Die Großmutter mütterlicherseits war in den alten Tagen recht gebrechlich. Sie wurde aus Thierbach zu uns geholt, weil wir mehr Möglichkeit hatten, sie zu pflegen und zu umsorgen. Das waren unsagbar schöne Nachmittage, wenn wir mit Großmutter vor dem Haus auf der Bank saßen und sie erzählte. Die Sage vom Wildschönauer Drachen habe ich oft gehört, in ganz verschiedenen Versionen von unserem ehrwürdigen alten Lehrer, vom allerorts geschätzten Koberjäger an den langen Abenden zu Breitegg oder in der einsamen Schönanger Jagdhütte. Viele Leute wussten vom sprichwörtlichen Drachen und hatten den nötigen Respekt vor ihm. Am meisten beeindruckt hat mich immer die Erzählung der Großmutter, weil sie schließlich diese Sage mit vielen Dingen in der Umgebung verknüpfte, die mir vertraut waren.
Die Verknüpfung einer solchen Sage mit dem Wildschönauer Wappen ist verständlich, wird doch Kraft und Kampf mit einem großen Sieg verbunden. Noch weit wichtiger aber scheint mir der Wunsch einer Großmutter, solche Darstellung zur Warnung und Belehrung zu nutzen, nicht um Angst zu machen, sondern weiter zu fragen. Der Mensch genießt so lange den Schutz des Schöpfers, wie er sich auf die Seite seiner Gesetze stellt und schonend damit umgeht.

Der Drache von der Wildschönau

Einst lag das Hochtal friedlich da und alle Menschen lebten glücklich. Ein stiller Bergsee bedeckte fast zur Gänze die heute besiedelte Landschaft. Der ruhige See glich einem unergründlichen Geheimnis und zu allen heiligen Zeiten hörte man eigenartige Gesänge und Nebelschwaden huschten über das tiefblaue Wasser. Der seichte Abfluss auf der Westseite, direkt an den Ruinen der Kummersburg am damaligen Taleingang hoch über Kundl, war von Luderstauden überwuchert. Unweit taleinwärts erstreckte sich eine wunderschöne Ebene und Aulandschaft über das heutige Bergdorf Thierbach. Nachdem die dicke Eisdecke im zeitigen Frühjahr gewichen war und das unheimliche Krachen der Schollen verstummte, hoben sanfte Gesänge von Elfen und Seenixen ein geheimnisvolles Singen ans Ufer, wo zwei Buben von Thierbach ihre Schafe hüteten. Sie wurden von den lieblichen Gesängen berauscht und schlummerten im Mondlicht ein. Gegen Mitternacht wurden sie von den guten Feen entführt und erspähten am Seegrund ein unheimliches Wesen mit Augen wie Wagenräder und feurigem Blick. Die guten Wassergeister zeigten sich um die Talbewohner besorgt und warnten, sich wohl in Acht zu nehmen. Noch im selben Herbst gab es Krieg im Land. Die mächtigen Ritter von der Kummersburg holten sich stämmige Wildschönauer Bauernbuben zur Verteidigung des umkämpften Landes. Am Vorabend zum Kirchweihfest schwoll ein Getöse im See an und es überschlugen sich haushohe Wellen, obwohl es völlig windstill war. Ein Ungeheuer wälzte sich durch Wassermassen taleinwärts, wutschnaubend und zähnefletschend, in wildem Toben mit mächtigen Fangarmen um sich schlagend. Ein grauenvoller Drache, noch nie zuvor von einem menschlichen Wesen gesichtet, richtete sich am Ufer zum Talschluss auf und bäumte sich drohend mit Drachenflügeln in die Lüfte.

Gierig schwamm das Untier dem Ufer entlang und riss Schafe und Ziegen, wirbelte sie durch die Luft und verschlang sie im freien Fall. Die Menschen im Hochtal flüchteten in den schützenden Bergwald und hatten es mit der Angst zu tun. Die Kunde verbreitete sich weit über das Tal hinaus. Der stärkste Wildschönauer Bauernbursch der damaligen Zeit verließ das Kampfgeschehen im Inntal und eilte seinen Leuten zu Hilfe. Er nahm in Harnisch gekleidet den Kampf mit dem höllischen Wesen auf und es entbrannte ein unheimliches Ringen auf Leben und Tod. Schon von den mächtigen Fangarmen umschlungen stieß der mutige Bursche mit sicherer Hand den Degen gezielt in das Herz des schnaubenden Drachen und verletzte ihn tödlich. Das Untier flüchtete zornentbrannt durch das rot schäumende Wasser, durchbiss in seiner Verzweiflung den Felsen westlich vom Kragenjoch, sodass der See abfloss und die reißenden Wogen die Stadt Heidach am anderen Innufer vollends überschwemmte. Der Drache zerbarst dabei in unzählige Stücke und es stank nach Schwefel, Hölle und Teufel. Seither künden nur noch die wundersamen Anhöhen im Hochtal vom einstigen Seeufer und die Menschen sind gewarnt, sich nicht in Übermut selber zum Maß aller Dinge zu machen.
Viele Jahrhunderte später, als großartiger Wohlstand im Lande herrschte, geriet diese Lehre in Vergessenheit. Sündhaftes Treiben brachte die Pest ins Land und in der Nacht schlich sich Schnitter Tod ins Tal. Er mähte unermüdlich alles nieder und seine knöcherne Frau, die Todin, rechte mit starken Zinken alle auf einen Haufen zusammen. Da entschwand ein mutiger Bauernbub vom Sonnberg und eilte zur Hollerstiege. Am dortigen Weidegatter traf er auf ein einsames Mädchen aus dem Brixental, fiel ihr um den Hals und sie gründeten die Nachkommenschaft der heutigen Wildschönau. Die Hollerstiegelkapelle und das Halsgatterl daneben künden noch heute von dieser Zeit.

Ein besonderer Anlass - Antlass

Die Fronleichnamsprozession (Antlass) wird in allen Tiroler Gemeinden groß gefeiert. Im Brixental gibt es den traditionellen Antlassritt, anderswo eine Seeprozession, in jedem Fall aber feiern alle mit, ob Groß oder Klein. Die jüngsten Sprösslinge, noch lange bevor sie selber gehen können und mit den Windeln noch in keine Lederhose passen, werden selbstverständlich mitgenommen. Vom Antlasssegen ist niemand auszuschließen, das wäre unverzeihlich.
Der Segen in der Natur wird durch ein nicht enden wollendes Blühen sichtbar. Es treibt die Familien hinaus und lange vor Sonnenaufgang singen die Vögel schöner als irgendwann am Tage. Der Kuckuck meldet sein Vorrecht und schon bald mischen sich in den Widerhall Dengelschlag und Sensenklang. Urplötzlich steigt wieder Rauch durch das lockere Schindeldach der Sennhütte. Man richtet sich wieder für den kommenden Almsommer. Gar manch hungriges Füchslein schleicht sich verstohlen bedrohlich nahe an Hühnerställe heran und es gibt in der freien Natur kein Rasten und kein Ruhn, alles strebt einem paradiesischen Werden zu.
Der Kampf in der freien Natur, der Einsatz ums bloße Überleben und die Anstrengung im Bemühen um seinen Platz im Dasein geben wichtige Lektionen fürs Leben auf. Schmerzlich wurde von uns Kindern oft empfunden, dass im Tierreich brutal das Vorrecht im Kreislauf von fressen und gefressen werden als ungeschriebenes Gesetz galt. Katzen sekkieren wehrlose Mäuse und hilflose Bodenbrüter, Hunde jagen hakenschlagende Hasen und so manche Füchsin reißt ein frischgeborenes Rehkitz oder schleicht sich unbarmherzig an den Hühnerstall.

Der Blaikenfuchs

Auf halbem Weg zur Riedwiese liegt ganz versteckt eine einschnittige Bergmahd zwischen zwei steil abfallenden Wassergräben. Extrem steil und schwer zu bearbeiten, aber immerhin groß genug, um einen eigenen Heustadel alljährlich mit Magerheu für das genügsame Jungvieh zu füllen. Neben den wuchtigen Schwöllsteinen des Heustadels öffnen sich gähnend krumme Löcher in das Erdreich und im Frühjahr gibt es beim täglichen Weg zum Jungvieh ins Ried ständig Neues zu beobachten. Einmal liegt ein Hühnerbein am Eingang, dann wieder ein Büschel Federn oder gar ein Stück von einem Rehkitz oder andere krumme Knochen. Blutrünstig geht es her beim Fuchslueg in der Blaike, das wussten wir schon aus den Erzählungen der älteren Geschwister. Das Märchen vom Wolf und den sieben Geißlein oder den bedrohlichen Weg vom Rotkäppchen konnten wir stets mit solchen Bildern ausmalen und hatten damit einen sicheren Bezug.
An einem besonders viel versprechenden Fronleichnamstag machten wir uns bei herrlichem Wetter viel früher als sonst auf den Weg in die Kirche. Es war Ehrensache, beim Viertelläuten im Dorf zu sein, um im Friedhof noch da und dort lieben Verstorbenen einen Besuch abzustatten, Blumen zu bringen und mit Weihwasser zu segnen. Die Ministranten mussten früher da sein, die Burschen und Jungfrauen sich noch ausreden, wer dieses Jahr die Standesfahne trägt. Der Vater wusste um seinen Platz als Pfarrgemeinderatsobmann beim Himmeltragen, und Mutter ging mit den kleinen Kindern mitten unter den Kassettlfrauen. So verlief alles wohlgeordnet und feierlich. Nach dem Umgang traf man sich beim Dorfwirt, denn einmal im Jahr, und das eben zu Antlass, gab es Suppe und Würstl und dazu ein Kracherl (Limo), der langen Tradition entsprechend. Der mühsame Weg heimwärts, von Schwarzenau steil über die Stufen an grillenzirpenden blumenübersäten Wiesen bergauf, zog sich endlos.

Mutter nahm den schnürenden Hut mit den wallenden Bändern ab, hatte immer eines der Kleinen auf dem Arm und an der Schürze hingen müde Schützlinge mit hochrotem Kopf. Abgekämpft vom weiten Weg näherten wir uns endlich dem Hof. Was war da los? Im zarten Gras unterm Haus lag eine tote Henne mit abgebissenem Kopf. Uns blieb der Mund offen und alle Müdigkeit war verflogen. Wir vermuteten Schreckliches und am Schauplatz des Geschehens herrschte erdrückende Totenstille. Die sonst so friedlich gackernden Hühner lagen totgebissen herum und nicht eine regte sich. Etliche waren bereits ins Gras in den Anger verzogen, andere lagen in Rinnsalen im Moos und einige fehlten überhaupt. Natürlich war es der Blaikenfuchs, wie wir ohne zu zögern feststellten. Mutter blieb in ihrem Festgewand wie angewurzelt stehen und es fehlten ihr die Worte. Wenn man weiß, wie wichtig die paar Groschen Eiergeld waren, um vielleicht doch einmal wieder Linde Mischung oder Titze Gold zu kaufen für einen Kaffeeabsud, wenn der Pfarrer oder Lehrer wieder einmal auf Besuch kommen, hat man Verständnis. In unserer ersten Aufregung bemerkten wir die Enttäuschung und Ratlosigkeit unserer Mutter nicht, doch dann begannen wir ihren tränenfeuchten Blick zu begreifen und standen sofort mit Trost zur Seite.
»Dem werden wir helfen, umbringen werden wir ihn und seine kleinen Füchslein sollen das alles büßen!« Wir schlüpften in unsere Werktagshosen und zogen mit der Mistgaben, dem Sapin und einer Asthacke bewaffnet aus. Zur Vorsicht nahmen wir noch einen Dreschflegel und eine Wiegensäge mit, denn man weiß ja nie, wie es zugeht im Kampf mit diesem Untier. So hieß es keine Zeit zu verlieren und geduldig ließ Mutter all das geschehen, obgleich die Hennen dadurch auch nicht mehr lebendig wurden.

Wir schlichen uns leise an den Heustadel, horchten und fanden alles friedlich. Einer stand am Stadeleck auf der Hut, bereit zum Kampf mit der Mistgabel, während zwei andere die Bodenbretter des leerstehenden Heustadels mit dem Sapin unsanft aufrissen. Uns stockte plötzlich der Atem. So etwas hatten wir im Leben nicht gesehen. Diese lieben winzigen Tierchen mit den spitzen Ohren, den putzigen Äuglein und dem Stummelschwänzchen blickten verschreckt. Das weiche Fell und die unschuldigen Bewegungen im heuausgepolsterten Nest, feinsäuberlich zwischen den runden Pfosten geschützt, das überraschte uns völlig. Es waren wohl allerkleinste Füchslein von der lieblichsten Art, die unsere Rachegedanken sofort verdrängten. Wir beugten uns über die sauberen, fein ausgepolsterten Gänge, um die unschuldigen Tierchen genauer zu betrachten. Aus Respekt vor möglichem Verstoß durch die Füchsin berührten wir sie nicht.
Toni warnte vor dem Heustadel, dass der alte Fuchs mit der Lunte nervös wedelnd am Blaikengraben auf und ab schleicht und sich bedrohlich aufrichtet. Kurz entschlossen zogen wir die Bodenbretter wieder fürsorglich in die alte Stellung und brachten sanft und nahezu andächtig alles in den Urzustand. Leise stiegen wir aus dem Stadel und entfernten uns auf sichere Distanz mit Blick auf den Eingang. In Sekundenschnelle sprang die Füchsin in die Behausung und wir hörten ein Gewinsel und Gejammer, das uns in der Seele wohltat. Für solches Mutterglück hatten wir schließlich einen Sinn und so freuten wir uns über diese innige Bekanntschaft.
Wir machten uns wieder unverrichteter Dinge auf den Heimweg. Bewegt vom Erlebten versuchten wir unsere Mutter zu überzeugen, dass diese kleinen Tierchen unbedingt eine Festmahlzeit zum Antlasstag brauchten.

Noch am gleichen Nachmittag wagten wir uns mit einem alten, strohgeflochtenen Bienenkorb mit Mutter über den gefährlichen Steig durch die Hackltalschlucht zum Eggerbauern, um eine Bruthenne zu holen. Bis zum Schlüpfen der Kücken blieb sie fürsorglich in der Küche, wie dies zur damaligen Zeit allerorts war, in der Hennsteige unter der Anrichte. Später kam das piepsende Gefolge in den Sommerstall unter der Hauslab und wir mussten gut aufpassen, dass nicht wieder unliebsame Überraschungen passieren.

Hochsommer in der Bergwelt

Um Peter und Paul werden die Erdbeeren reif, beginnen die Schwarzkirschen zu röten und wird das Korn schwer. Da gehen auch die schlimmsten Gewitter nieder und die schwarze Wetterkerze ist stets griffbereit. So manches Unwetter wälzt sich am späten Tag übers Kragenjoch ins Hochtal und es blitzt und donnert, als ob Petrus alle Bretterfuhren auf einmal abzuladen hätte, bis sich endlich die unheimliche Naturgewalt über den Lämpersberg hin ins Zillertal und zu den Krimmler Fällen verzieht. Nicht selten lässt so ein heftiges Gewitter kleine Rinnsale stark anschwellen und es stürzen sich reißende Bäche von allen Seiten der wildgewordenen Ache zu. Oft brachte der Sturm die Schindeldächer in Unordnung und es gab alle Hände voll zu tun. In der harten Zeit des Aufbaues nach dem Krieg genossen Schindelmacher, Holzschuhschuster und Betonblockgießer großes Ansehen. Die schmalen Gassen mit beidseitigem Holzzaun und den Kirschbäumen entlang der Wege waren für den Viehtrieb eben gerade recht.

Der Schindelmacher Gottlieb, durch einen schweren Arbeitsunfall wohl ein erbärmlicher Kämpfer ums tägliche Brot, legte die Schindeleisen beiseite und rüttelte bereits an den Formen für die Betondachziegel und werkte tagaus und tagein neben seinem kleinen Häuschen an der Gasse unter der Wies. Den Sand dafür holte er sich bereits mit einem gummibereiften Zweiräderling von der Ache. Wir schauten dem fleißigen Mann, der mit schmerzvoller Windung in seiner krummen, schwer behinderten Stellung, jedes Wort mit Augenzwinkern und unschönen Grimassen würgend hervorbrachte, aufmerksam zu und durften manchmal sogar eine Form einstreichen, mit trockener Mischung füllen, mit Zement überpudern und rütteln. Gar manches Mal freute er sich über unser Interesse und dankte uns für kleine Dienste, indem er uns kurze Geschichten erzählte. Wir durften ihn dabei nicht ansehn, sonst war das Reden unmöglich und er begann richtig zu weinen und zu würgen. Kam er vor Begeisterung bewegt in den Redefluss, so sprudelten ganze Sätze ungebrochen, ohne dazwischen zu atmen, hervor.

Der Kampf mit Naturgewalten und der Kampf ums Überleben in entlegenen Regionen war früher ein ganz anderer und ist auch in der heutigen Zeit eine echte Herausforderung. Es ist keine Selbstverständlichkeit, dass fleißige Leute sich täglich bemühen und der Natur mit unvermindertem Einsatz in schwerer Handarbeit einen Ertrag abringen.

Es mag wohl einer der letzten Schultage im Jahr gewesen sein, als schon am frühen Nachmittag ein kräftiges Gewitter niederging. Wir schafften den Weg jedenfalls nur bis zum Schindelmacher Gottlieb und schlüpften vor dem heftigen Regen in die schützende kleine Arbeitshütte, wo es immer so eigenartig nach süßlichem Pfeifenrauch und frischem Zement roch.

»Heute wütet er wieder, der Schwarzlackstier!«, meinte unser lieber Freund, der alte Gottlieb.

Der Stier von der Schwarzlack

Vor langer Zeit, als die Bauern in der Wildschönau noch alle Almen mit Milchkühen beschickten und dem kargen Boden mit dem unermüdlichen Einsatz der Großfamilien, unterstützt von Knechten und Mägden, mühsam bescheidene Einkünfte abrangen, passierte immer wieder Unerklärliches. Unterhalb vom Lämpersberg gibt es eine schwarze Lacke, einen Bergsee mit moorigem Grund. Da stieg im Hochsommer, zum Vollmond im Juli, meist eben so gegen Jakobi, ein schwarzer Stier um Mitternacht mit wildem Gebrüll aus dem Wasser. Er richtete schreckliches Unheil an. Die Menschen konnten sich wohl in Sicherheit bringen und es waren keine Opfer zu beklagen, aber das Vieh wurde teilweise wild zugerichtet und so mancher Jungstier wurde buchstäblich aufgefleischt und zu Tode gemartert. Kalbinnen und Kühe drängte er in die Lacke und nie wieder wurden sie gesehen. Da entschlossen sich die Bauern in ihrer Ratlosigkeit, zum Maimarkt in Hopfgarten den stämmigsten kohlschwarzen Tuxerstier, damals noch eine gängige Rasse im Unterinntal, um eine schwer aufbietbare Summe, gemeinsam zu kaufen. Der vierjährige Stier wurde bis Peter und Paul auf Hönigkaser gehalten, mit Weizenkleie und Ziegenmilch, saftigem Grünfutter und frischem Topfen aufgefüttert, dass er glänzte und die Augen gefährlich rollte. Mit zwei starken Ketten und zusätzlichen Verstrebungen der Hütte wurde er im Stall gehalten. Die mutigsten Burschen bändigten das mit einem Rupfensack geblendete Prachttier, die Vorderbeine mit starken Hanfseilen gebunden und so in der Bewegungsfreiheit stark eingeengt. Sie brachten drei Tage vor der Vollmondnacht den Stier über die Baumgartenalm zur schwarzen Lack am Lämpersberg. Ungeduldig scharrte der übermütige Stier kraftstrotzend um das Wasser und gab den Anschein, als würde er jeden Moment mit seinem Spiegelbild im Wasser den Kampf aufnehmen.

Die Bauern verschanzten sich hinter dem Bergrücken zum »Steinermandl« und vergaßen vor Aufregung und dumpfer Vorahnung auf die täglichen Mahlzeiten, ließen den Stier nicht aus den Augen und hatten es nicht minder mit der Angst zu tun. Als nun der Vollmond sich wie ein Laib Käse über dem Rücken vom Salzachgeier zeigte und es nur noch Minuten dauerte, bis er die Schwarzlack aufhellte, war ein wildes Schnauben zu vernehmen. Das Wasser begann zu beben und gewaltige Wogen schlugen aus der Tiefe und bedeckten das Umfeld mit stinkendem Schlamm. Da krachten auch schon die Hörner der beiden kräftigen, wutentbrannten Tiere aufeinander. Ein Ringen und Kämpfen, ein Rollen und Toben wälzte sich schauderhaft durch die schwarzen Gestalten im Mondlicht. Atemberaubend rangen wild geworden der Schwarzlackstier und der kraftstrotzende Schützling der Auffacher Bauern auf dem Schauplatz. Den völlig verblüfften Zuschauern blieb jedes Wort im Hals stecken und sie wussten sehr wohl, dass es kein Entrinnen gab, sollten die Kraftbündel ihrer Anwesenheit gewahr werden. Das Brüllen wurde immer mächtiger und es kamen heisere Laute dazu. Während der Mond lautlos seine Bahn zog und die Nacht dem Taggrauen weichen musste, mischten sich lange Verzweiflungsseufzer in das Krachen der Hörner. Plötzlich klatschte ein gewichtiger Koloss auf die Wasserfläche und es wurde still. Der siegreiche Stier torkelte schweißtriefend aus dem sumpfigen Ufer und legte sich lammfromm nieder. Fast unerträgliche Totenstille machte sich breit. Seither hat kein Mensch mehr den Stier von der schwarzen Lack gesehen, aber immer wenn ein schweres Gewitter niedergeht, da hört man ihn unverkennbar brüllen, hoch vom Lämpersberg her, unermüdlich wie damals.

Zeit der reifen Früchte

Nach dem Hohen Frauentag (Maria Himmelfahrt) ist bald Bartholomä und es folgt in den höheren Regionen der erste Nachtfrost. »Muata, wann geh ma denn hoam?« fragt das kleine Lämmchen das alte Mutterschaf. »Z´Bartholomä!«, ist die Antwort mit brummender Stimme. »Nit eh?« (nicht eher) jammert das zittrige Kleintier. So wurde uns der Nachsommer stimmungsvoll zeitlich zugeordnet. Es kam dann die Zeit, wo auf den Hochalmen die Schafe wieder zusammengetrieben wurden und zum 17. September war der Abtrieb von den höchstgelegenen Almen, wenn nicht schon früher der Schnee eine eigene Rechnung aufstellte. Es währte nicht mehr lange, dann waren die letzten Wiesen abgeerntet und es folgten die Herbstarbeiten, die Zeit der Ernte im Krautacker und Gemüsegarten. In unserer Höhenlage war es ein ganz besonderer Segen, wenn einmal ein paar saure Äpfel reif wurden. Da freuten wir uns nicht minder, wenn unser Vater auf dem Brixlegger Markt eine Kuh gut verkaufen konnte und dann vom Klement in Kundl einen Rucksack voll Äpfel mitbrachte. Wie ein besonderer Schatz wurden sie in eine kleine Kiste am Hochboden gelegt, sodass es im ganzen Haus danach roch. Wenn dann fürsorglich nach dem täglichen Rosenkranz geteilt wurde, so gab es sicherlich keine Bedenken, dass er in Gärung übergehen könnte und etwa gar den Schlaf störte, dazu fiel die Ration zu schmal aus. Allmählich begann die Schule wieder. Für die Bauernkinder gab es damals Gelegenheit genug, sich für Herbstarbeiten zu entschuldigen. Während der letzten Schuljahre war generell das Mithelfen daheim wichtiger als der Schulbesuch.

Nicht selten hieß es dann nachsitzen, um Schillers Glocke oder die Bürgschaft nachzulernen und wortgewaltig zu rezitieren.
Einmal traf es sich, dass wir zu dritt eine Straftat zu büßen hatten. Mit einer Wut im Bauch verließen wir das Schulhaus und schlenderten hungrig taleinwärts. Zum Abreagieren kam uns ein schlimmer Gedanke, und so haben es uns die rotbackigen Herbstäpfel beim Wiesnbauern angetan.

Äpfel in Nachbars Garten

Die alte Bäuerin kehrte gerade vor dem Haus sauber und verjagte die Hühner von der Hausbank. Sie lehnte den Besen ins Eck und verschwand durch den Flur. Wir schlichen uns ganz gebückt vorbei und verschanzten uns hinter dem Häuschen vom Müllner Toni, dort wo er an den Stangen der Nordseite im Winter immer die ausgezogenen Katzen ausfrieren ließ, damit sie einen zarten »Hasenbraten« ergeben. Einer nach dem anderen huschte durchs Gras und kletterte auf den hohen Baum wie ein Eichhörnchen. Wir bissen genüsslich in die saftigen Äpfel und machten uns in der Krone unsichtbar, so glaubten wir zumindest. So nebenbei füllten wir noch unsere Hosensäcke mit der wertvollen Frucht.

Plötzlich kam die Bäuerin wieder vor das Haus. Einem von uns entwich ein unkontrollierter Lacher und schon war es passiert. Wir wurden entdeckt und mit dem Birkenbesen fuchtelnd rannte die Bäuerin auf den Baum zu. Sie schimpfte grimmig und schwang den Hexenbesen, natürlich bereit zum Zuschlagen. Mit geballten Fäusten drohte sie uns Apfeldieben. Uns wurde zweierlei und so beschlossen wir in solcher Ausweglosigkeit, zugleich auf die Bäuerin hinunter zu hüpfen und sie einfach nieder zu reiten.

Da krachte auch schon ein Ast und wie auf Kommando rumpelten wir hinab mit der Gewissheit, dass zumindest für uns die Landung weich ausfällt. Der Besenstiel krachte und ein ganzes Bündel Erschrockener rollte über den Rain. Unsere Bubenbeine brachten uns natürlich schneller ins Laufen und so kreischte die alte Frau neben dem Weidezaun wie ein Häuflein Elend im Gras. Wir verließen fluchtartig den Platz des Geschehens und blickten uns erst auf sichere Distanz wieder um. Beruhigend fanden wir jedenfalls, dass sich die Bäuerin aus eigenen Kräften mühsam ins Haus schleppen konnte, sich einen scheinbar schmerzenden Arm hielt und auf den defekten Besen zumindest vorerst verzichtete.

Mit der einen Faust deutete sie uns noch Rache nach und verschwand im dunklen Hausgang. Den Heimweg setzten wir zügiger fort, um unsere unfreiwillige Unterrichtsverlängerung nicht zu verraten. Mit gemischten Gefühlen schlichen wir uns am nächsten Tag in der Früh am besagten Tatort vorbei, wie eine beleidigte, hinterlistige Katze. In der Schule nahm vorerst alles seinen Lauf, bis es in der zweiten Stunde kurz klopfte und schon ein grimmig blickender Gendarm eintrat, gefolgt von der Wiesen Anna, einen Arm in der Schlinge und das Kopftuch tief in das Gesicht gebunden, mit einem deutlichen Kratzer auf der Wange.

»Ihr Saububen, diese Luderbuben, solche gemeine Kerle,...!«, begann die Frau haltlos zu schimpfen, ehe sich der Lehrer auf dem Pult aufrichtete und zuerst einmal freundlich den Gendarm begrüßte.
Natürlich klärte sich alles schnell auf und so arg unser Oberlehrer auch dienstlich seine strenge Miene aufsetzte, sahen wir ihm heimlich das spitzbübische Lachen an. Er kannte ja schließlich seine Buben und wusste um den heimlichen Drang nach abenteuerlichen Erlebnissen. Dem Lehrer war es wohl sofort bewusst, dass es hier nicht um Diebstahl ging, sondern eben um einen Bubenstreich in Reinkultur. Der Gendarm forderte uns auf, die Namen zu bekennen. Dienstbeflissen schrieb er mit strenger Miene seine Notizen. Eine gerechte Strafe soll es für diese schlimme Tat geben. Da fiel ihm die Bäuerin haltlos ins Wort und forderte bestimmend: »Eine Woche lang müssen diese Kerle beim ersten Schnee Brennholz bringen und überdies gebührt denen eine gehörige Tracht Prügel!« Unser Oberlehrer und der Amtsmann in Uniform zeigten sich zufrieden, belehrten uns und gaben schließlich zu verstehen, dass das Lamentieren ein Ende haben soll.
Uns entging es nicht, dass die empörte Frau zum Abschied aus der Klasse mit der scheinbar schwer verletzten Hand mit der Faust drohte. Am nächsten Tag schwang sie bereits wieder kraftvoll und geschickt die Sense, um im Obstanger zu mähen, als wäre nichts geschehen.

Die Grangglzeit (Preiselbeerernte)

Das Jahr hat die spätsommerliche Tag- und Nachtgleiche hinter sich gelassen. Der Herbst eröffnet eine erlebnisreiche Erntezeit in der freien Natur. Wertvolle Beeren und auch noch Pilze können von fleißigen Leuten mühsam gesammelt werden. Ein Segen, wenn sie recht üppig reifen konnten, wenn das Frühjahr die zarten Blüten schonte und der Sommer keinen Hagel brachte. Wurden die späten Heidelbeerernten, durch den hohen Gehalt an Fruchtzucker sogar in guten Jahren zu Schnaps vergoren, als Vorräte getrocknet und in großen Mengen zu Marmelade und Beerwein verarbeitet, so galt und gilt die Preiselbeere als bewährtes Haus- und Heilmittel. Ganz entscheidend war auch der Vorrat an wertvollen Kräutern für köstlichen Tee an den langen Winterabenden, eine wertvolle Mischung gegen Husten, Erkältung und andere Heimsuchungen.
Da erinnere ich mich noch recht gut an einen wunderschönen Septembertag, es mag wohl schon einer der letzten Almtage gewesen sein, da machte Vater mit uns Buben eine Wanderung von Breitegg aus nach Gressenstein. Nach der notwendigsten Vieharbeit machten wir uns auf den Weg, ein Stück Käse und einen halben Laib Brot im Rucksack und die groben Genagelten hoch geschnürt für einen sicheren Tritt.
Nach einer schwachen Stunde erreichten wir den Glockhausstein und machten mit Blick ins Tal hinaus eine kurze Rast.

Der Teufel von Gressenstein

Diesen mächtigen Felsklotz, so wusste der Vater zu erzählen, hat der Teufel vom Sonnjoch herunter getragen und mit voller Wucht hier niedergeschmettert. Es lag eine ganz vertraute Spannung in seiner Stimme und wir wussten sehr wohl, dass er bewegt war und uns viel zu sagen hatte. Kein einziges Wörtlein wollten wir versäumen und drängten uns näher, in Respekt und großer Neugier.
Vor ganz vielen Jahren hauste hier auf Gressenstein ein schrecklicher Teufel. Er war der Hölle entstiegen und lieferte Lutzifer unerlaubt viel Schabernack. Die ganze Wildschönau wollte er beherrschen und kontrollierte von diesem Vorsprung aus das Hochtal. Da erspähte er, dass fleißige Leute zur höheren Ehre Gottes in der Oberau, also mitten im Tal, eine kleine Kirche bauten. Er bemerkte dies, als bereits die Kuppel der kleinen Antoniuskapelle kurz vor der Fertigstellung war. Der verärgerte Höllensohn hatte auch schon seinen Plan und ließ solches nicht gut sein.
»Diese Kirche werden sie nicht einweihen, mit einem Felsblock werde ich das Werk noch vor dem Segen zerstören!«, so meinte der zottelige Geselle und machte sich auf den Weg zum Sonnjoch. Er nahm alle Kraft zusammen und stemmte einen mächtigen Felsblock auf seinen Rücken. Mit ausgespreizten Klauen suchte er sicheren Tritt zwischen dem Geröll und schleppte schweißtriefend den Koloss talwärts, wo er auf einem Vorsprung schon kurz entschlossen zum freien Wurf ansetzte. In diesem entscheidenden Augenblick überraschte ihn ein heller Schein vom Himmel und zeitgleich setzte das Betläuten ein. Der Segen Gottes gab dem Kirchlein Schutz und nahm dem Höllensohn jede Macht. Wutentbrannt und mit letzter Kraft stemmte sich der Zottelpelz mit seinen ausgefransten Klauen zwischen das Gestein und schmetterte mit voller Wucht den Stein zu Boden, dass arge Klüfte entstanden. Noch heute sieht man die Kratzer der teuflischen Krallen und wenn das Wetter dreht, steigen höllische Dämpfe auf und es riecht fürchterlich nach Schwefel und Hölle.

Der Bär im Hochwald

Nicht selten setzten sich einzelne Schafe um die Zeit des Almabtriebes heimlich ab, um ungestört ihre Jungen zur Welt zu bringen. Dieser natürliche Trieb brachte so manchen gewissenhaften Hirten in Verlegenheit, wenn plötzlich Schützlinge fehlten, die den ganzen Sommer über verlässlich betreut wurden. Nach einem vogelfreien Almsommer wieder die Schulbank zu drücken war nicht ganz unser Geschmack. So kam es uns gelegen, dass dem Schwarzenauer Onkel in diesem Jahr einige Schafe vom Breiteggjoch fehlten. Wir ließen uns nicht zweimal bitten und machten uns in aller Früh auf die Suche, anstatt den weiten Schulweg anzutreten. Es war ein föhniger Herbsttag und auf der Prätastenalm weideten sogar noch die Kühe. Michl und Wetti wunderten sich, dass wir Buben herumstrolchten und nicht zur Schule gingen. Für einen Herrenbauern Schafe zu suchen war wohl ein Entschuldigungsgrund und so gaben sie uns den heißen Tipp, auf die Feldalm zu gehen, weil dort noch vor zwei Tagen Schafe gesichtet wurden. Zwischen den Almhütten konnten wir nur frische Losung der Tiere vorfinden, weit und breit war leider alles ruhig. Wir ließen uns aber nicht entmutigen und stapften bergauf bis zum Gipfelkreuz, um einen besseren Überblick zu haben, weil uns alle Wege und Steige längst vertraut waren. Da trafen wir einen gewissen Herrn Greiderer aus Kundl, der im Nachsommer immer auf der Prätastenalm Urlaub machte. Auf unsere Fragen meinte er gleich, dass es wohl die Schafe sein müssten, die noch gestern bei der Trockenbachalm waren. Er zeigte uns die Richtung und beschrieb uns den Weg. Urplötzlich hörten wir ganz eigenartige Laute. Langgezogene jämmerliche Rufe, uns völlig neu und nicht vertraut.

Der gute Mann merkte unsere Aufmerksamkeit und meinte, wir sollten uns ja in Acht nehmen, denn da drunten im Baumgartenwald ist ein wilder Bär, der heute schon seit den Morgenstunden unheimlich wütete und ständig lärmte.
Möglicherweise hat er die Schafe entdeckt und so ein Bär bringt es schon zustande, Lämmer zu reißen und die Mutterschafe zu verschrecken. Uns wurde so zweierlei zumute und wir wussten uns beim besten Willen nicht zu helfen. Zuerst versuchten wir, ihn zum Mitgehen zu gewinnen, doch davon wollte er nichts wissen, weil er selber schreckliche Angst hatte.
Die versprochenen Wollsocken und Handschuhe zu Weihnachten und den schon längst sprichwörtlichen Lebzelten unseres Onkels wollten wir auf keinen Fall missen. Außerdem wäre es wohl eine Schande für schneidige Buben, sich vor einem Bären zu fürchten. Wir hörten dem undefinierbaren Lärmen mit gemischten Gefühlen zu. Der Gast aus dem Inntal wandte sich den halbreifen Preiselbeeren auf der anderen Seite zu und warnte uns nochmals, uns ja in Acht zu nehmen, weil so ein wütender Bär sicher ein Junges zu verteidigen hätte und unberechenbar sei. Jetzt ist guter Rat teuer. Schließlich schlichen wir über den Grat einwärts bis zum Schweibergerhorn. Erst dann wagten wir uns über den nordseitigen Graben weit unter die Baumgartenalm, den lärmenden Bären auf sichere Distanz umkreisend.

So gelangten wir dann in Angstschweiß gebadet durch das Erlengestrüpp und den dichten Jungwald zur Trockenbachalm. Wir wagten es nicht, über die freie Weidefläche den kurzen Weg zu nehmen. Wir schlichen nach dem Waldrand weiter und kamen von der anderen Seite zur besagten Alm. Im Schatten der oberen Hütte lagen ganz ruhig die Schafe. Nur ja nicht erschrecken, dass sie nicht die falsche Richtung einschlagen. Die gesuchte Zahl wurde um zwei junge Lämmchen überboten. Von unserer Weizenkleie mit Salz konnte sich zuerst nur ein älteres Mutterschaf überzeugen, bis uns schließlich die meisten trauten. Wir lockten die Tiere talabwärts in die andere Richtung und irrten weglos durch den nächsten Graben auf den Grat zur äußeren Feldalm.
Uns fiel ein Stein vom Herzen und wir wagten erstmals wieder normal zu atmen vor Erleichterung, endlich auf der Wildschönauer Talseite den grimmigen Bären nicht mehr zu hören. Es war später Nachmittag und die Sonne stand schon tief. Jetzt kannten wir aber den Weg und konnten die Abkürzung über die Unterbergalm nehmen. Daheim sperrten wir vorerst die Schützlinge in den Kuhstall, um von der unheimlichen Neuigkeit zu berichten. Wir wurden aber bald eines Besseren belehrt und laut ausgelacht. Der vermeintliche Bär sollte also eine dieser modernen Motorsägen sein, die in den Forstungen der Staatswälder im Einsatz waren. Uns blieb bislang diese technische Errungenschaft vorenthalten und beim besten Willen konnten wir nichts dafür, die Warnungen eines erfahrenen Mannes ernst genommen zu haben. Es war nur gut, dass wir uns diese kurze Pause daheim gönnten, ehe wir die Schafe kurz darauf beim Schwarzenauer in den Pferch trieben. Somit konnten wir uns eine peinliche Lästerung ersparen und bekamen den gerechten Lohn für den abenteuerlichen Einsatz.

Das Kasamandl hält Einzug

Im Spätherbst wird es fast unheimlich still auf den öden Almen. Verlassen und fest verriegelt stehen die Hütten in seltsamer Einsamkeit. So mancher Wanderer genießt die Herbstsonne, an eine sonnengebräunte, windgeschützte Holzwand gelehnt. Wenn der Nachtfrost im Oktober strenger wird und sich Nebelwetter mit ersten Schneestürmen vermischt, ist das Röhren der Brunfthirsche unheimlich und weithin hörbar.

Den ganzen Sommer waren wir auf der Breiteggalm beim Jungvieh und Kunter (Ziegen und Schafe). Wir lauschten stundenlang den Erzählungen des Aufsichtsjägers. Der Koberjäger logierte in der Schönanger Jagdhütte. Er nahm sich auf dem Weg von seinem Hof zu Kober meistens Milch und Butter von unserer Alm mit. Er ließ uns mit dem ausziehbaren Spektiv schauen und erzählte uns die schlimmsten Wilderergeschichten. Dem guten Mann wurde wohl manchmal der Tag in der Einsamkeit zu lang. Wir fanden vereinzelt auch Abwurfstangen vom Rothirsch und er konnte uns darüber genau berichten und kannte für all seine Schützlinge die Lebensgeschichte. Er war aber nicht nur ein äußerst gefürchteter und genauer Aufsichtsjäger, er konnte mehr als andere. Manchmal war er auffällig ruhig und da dauerte es lange und alles musste stimmen, damit er auf seinen Stock gestützt zu erzählen begann. Wenn er dann gar seinen Rucksack abseits vom Weg ablegte, dem scharfen Wachhund Wache gebot und mit dem weiten Hubertusmantel eine Rolle machte, wurde es spannend. Er bot uns auf die weiche Unterlage das Niedersitzen an und so ahnten wir schon eine längere Unterredung. Mit einem prüfenden Blick musterte er die Gegend, räusperte sich auffällig und setzte zum Erzählen an.

Der Kuntlgeist

»Buben, das eine sage ich euch, früher gab es fürchterliche Dinge und manchmal denke ich, das kann doch gar nicht wahr sein, aber wenn es die Leute so erzählen und du siehst wie ernst es ihnen ist, dann werden sie es wohl oder übel erlebt haben!«, meinte er, der vorbildliche Jäger vom Innertal, an dessen Worte wir keinen Zweifel ließen, war er in unseren Augen doch der tapferste Mensch der Welt, zumindest im Hochtal.
Da war einmal im Spätherbst der Prätastenbauer alleine auf der Kuntlalm unterwegs mit seinem Stutzen. Ein stämmiger Mann wie ein Wetterkreuz, hochgewachsen und breite Schultern, einen wallenden Vollbart, dass der Andreas Hofer neben ihm ein hilfloser Zwerg gewesen wäre.
Ein richtiger Herbststurm kam auf und er zwängte sich in die Sennhütte. Weil er nicht zum ersten Mal da war, wusste er wohl, dass auf der oberen Seite die Liegestätten der Senner sind und immer alte Decken und Kissen, an Hanfseilen am First aufgehängt um vor Mäusen sicher zu sein, vorhanden sind. Er wusste bei diesem Wetter nichts Besseres zu tun, als es sich gemütlich zu machen. Zuerst packte er eine kräftige Jause aus und stärkte sich im Stüblein, ehe er die Schlafstätte aufsuchte. Wenn es auf das Schindeldach prasselt, ist das vertraute Musik und der Bauer schlief bald ein. Es musste gegen Mitternacht gewesen sein, da hörte er urplötzlich ein Getöse und es krachte in der Hütte. Der Prätastner erschrak und wollte auf, um nach dem Rechten zu sehen. Doch eine mächtige Hand hielt ihn an der Gurgel und hinderte ihn daran. Er wurde dieser Übermacht nicht Herr und musste sich anhören, wie in der Hütte alle sommerlichen Arbeiten verrichtet wurden. Bald schmatzte die Butter im Kübel, dann krachte das Feuer über der Esse und der Bruch im Käsekessel wurde geschnitten und gerührt. Es platschte die Molke beim Ausnehmen und schwungvoll hörte man das prallgefüllte Käsetuch in den Reifen platschen.

Es polterten grobe Schritte in der Hütte herum und die Funken vom Feuer stoben bis zum Schindeldach. Der Bauer begann zu zweifeln, ob er denn verrückt geworden sei, was dies alles zu bedeuten habe, jetzt um diese Zeit, wo weit und breit kein Vieh auf der Alm ist. Es dauerte an bis zum Morgengrauen, dann wurde es ruhiger und völlig erschöpft spürte er die würgende Kraft schwinden.
So konnte sich der sonst so mutige Mann schweißgebadet aufrichten und stieg vorsichtig und misstrauisch von der Schlenn. Er konnte außer einem kleinen Häuflein Glut in der Esse nichts mehr erkennen, was auf den nächtlichen Umtrieb deutete. Seine jägerischen Absichten vergaß er schnell und er machte sich auf den Weg zum Almobmann, um seine Beobachtungen zu schildern. Dieser hörte ihm gelassen zu, lachte ihn dann aber schallend aus und wies ihn ab. Der stolze Erbhofbauer von Prätasten aber ließ sich nicht lächerlich machen, war kurz entschlossen bereit, der Sache selber nachzugehn. In der Seelennacht, wenn alle Geister auf der Welt aktiv sind, da wird er den Kuntlgeist auf die Probe stellen. So machte er sich am Allerheiligentag schon am späten Nachmittag auf den Weg zur Alm. Er nahm seinen Hund mit, den kalbsgroßen kohlschwarzen Mischling, im ganzen Tal gefürchtet. Dazu hatte er eine scharfe Axt in Leinen gewickelt im Rucksack und einen ganzen Liter Weihwasser. Man weiß ja schließlich nie was sich alles tut. Mit kräftigen Schritten kam er mutig der Alm näher und der Hund, der sonst immer vor ihm her rannte, blieb plötzlich ein paar Schritte zurück und winselte eigenartig, schnupperte am Boden dahin und setzte zum Bellen an.

Es hatte den Anschein, als würde jeder Laut ihm in der Kehle ersticken. Er blieb bei der Steinmauer, dem früher funktionstüchtigen Weidezaun zur Hochalm, zitternd und zähnefletschend stehen. Er war nicht mehr von der Stelle zu bringen. Der Bauer redete ihm zu und schlug schließlich auf das störrische Tier ein, aber es half kein Bitten und Betteln. Er nahm allen Mut zusammen und ging allein weiter. Vor der ersten Hütte beim großen Stein, wo noch bis in die sechziger Jahre ein Kreuz stand, wo ich als Melker noch beim sonntäglichen Rosenkranz andächtig dabei war, blieb er prüfend stehn. Er hörte ein eigenartiges Gepolter von der Sennhütte und eine dünne Rauchsäule stieg auf.
Er bemerkte, dass die Tür der Sennhütte offen stand. Mit gemischten Gefühlen rief er laut und kräftig, dass es ihm durch Mark und Knochen fuhr. Außer einem wuchtigen Widerhall von den Felswänden über den Almhütten blieb es ganz ruhig. So trat er entschlossen über die Schwelle, mit der Asthacke jederzeit bereit zum Zuschlagen. Nichts rührte sich, mäuschenstill war es in der verlassenen Almhütte. Der Dreifuß stand in der Esse, die Eisenpfanne war übergestellt und ein spärlicher Rest vom Melchermus war noch da. In seiner wagemutigen Frechheit kostete er von der knusprig gebräunten Almererkost und musste feststellen, dass es wunderbar schmeckte und nichts Auffälliges an sich hatte.
»Dem werde ich abhelfen, dem werde ichs noch zeigen, wie man bei uns auf den Almen umgeht!«, meuterte der Herausforderer. Er nahm die Axt entschlossen, öffnete die innere Hüttentür, hackte mit kräftigen Hieben drei Kreuze in das Trittbrett der Schwelle und segnete die Hütte mit Weihwasser aus. Er betete dazu mit dumpfer Stimme laut ein Vaterunser.

Er fühlte sich seiner Pflicht entledigt, ließ die Tür zufallen und verriegelte sie nach alter Tradition mit dem krummen Eisen durch das Loch von außen, dass der Holzschub krachte und anschlug. Der Bauer ging mit bemessenen Schritten talauswärts, nahm enttäuscht den zittrigen Hund, dieses erbärmliche Mistvieh, wie er ihn niederträchtig nannte, wieder mit. Zu seiner Bäuerin sagte er bestimmend: »Du schläfst heute allein, ich bleibe in der Stube, weil das Geschehen auf der Kuntlalm noch ein Nachspiel haben könnte!«

Er legte sich auf der Ofenbank in der alten Stube zurecht, die Asthacke griffbereit und den Stutzen unter der Bank. Von Einschlafen war natürlich keine Rede, dazu war er viel zu aufgebracht und es kochte förmlich in seinem Leib. Um Mitternacht rumpelte und polterte es an der Haustür. Noch ehe er sich aufrichten konnte, stand schon eine übermannsgroße Gestalt, in weißes Leinen gehüllt, vor ihm. Sie befahl dem Bauern aufzustehn, die Asthacke zu nehmen, drei Tübel aus Lärchenholz (Zapfen für Holzverbindungen) dazu und einen großen Windling (Bohrer) und sofort mit ihm auf die Kuntlalm zu gehen. »Gehorchst du nicht augenblicklich, so zerreiß ich dich in Laub und Staub!«, befahl der unbarmherzige Geist drohend. Dem Bauern blieb keine Wahl und er handelte schnell, um den Ungeduldigen nicht noch mehr zu zürnen. Bei jedem Schritt wurde er schneller und der wuchtige Geselle hinter ihm stieg ihm ständig mit den genagelten Schuhen auf die Fersen, dass erst Monate später die Fleischfransen abheilten.

In der Almhütte musste der stolze Erbhofbauer wie ein Häuflein Elend die Befehle des Höllengewaltigen ausführen. Die drei Kreuze in der Türschwelle musste er durchbohren und die Lärchentübel eintreiben. Mit der Asthacke musste er alles gleichrichten, dass nicht die mindeste Spur von einem christlichen Zeichen zu entnehmen sei.
So werkte der Gequälte mit ganzem Einsatz und wagte keinen Blick von der Arbeit abzulassen. Er wollte schon die Hacke verschmeißen und vor Erschöpfung den Geist um Nachsicht bitten, da stoben die Funken durch die Hütte und mit gellendem Schrei verschwand der Unheimliche in der Feuerstelle und wurde bis heute nie wieder gesehen.

Bis anfangs der Siebzigerjahre standen mehr als zwei Dutzend Almhütten auf der Kuntlalm. Zweimal im Sommer wurden die Kühe für einige Zeit vom Schönanger auf die Hochalm getrieben. Heute gehört diese Art der Almkultur dort der Vergangenheit an und die Romantik, Idylle und schwere Arbeit leben vielleicht noch für eine Generation spärlich in Erinnerungen weiter. Der Respekt vor dem Kuntlgeist bleibt aber aufrecht. Wenn der Wind durch die Ritzen pfeift und da und dort Schindeln klappern, so mischen sich unheimliches Sinnen und dumpfes Ahnen in geheimnisvolle Geräusche.

Advent daheim

Es gab damals keine Gelegenheit Kinder zu verwöhnen, dazu fehlten die Möglichkeiten und das Geld. Dafür aber eröffneten sich Dinge, die nicht organisiert oder bestimmt werden können, die ganz einfach durch die Stimmung entstehen wenn alles still ist, wenn die Abende lang sind, wenn es keine Ablenkungen gibt, nur das Gespräch am runden Tisch, das Knistern des Feuers im Ofen und das Surren der Spinnräder. Für mich ist es heute wie ein Traum, in einer solchen Welt die Kindheit gelebt zu haben, die es nur mehr im Bilderbuch und in den Märchen gibt.
Es gab ja recht wenig Aufregendes zu lesen für uns. Außer dem Bauernkalender, dem vertrauten Reimmichlkalender, der wöchentlichen Bauernzeitung und dem Kirchenblatt gab es nur noch ein paar abgegriffene Bücher. Diese waren nicht selten am Rücken mit grobem Sackpapier verstärkt, eingestrichen mit der Roggenmehlpappe, die manchmal wieder von einem Mäuslein zernagt wurde. Da fehlten oft schon ganze Seiten oder die eine oder andere Ecke war von so einem hungrigen Biest ausgefranst. Als unterstützungswürdige Bergschule bekamen wir einmal vor Weihnachten vom ÖJRK (österreichischen Jugendrotkreuz) ein paar Kisten Äpfel und von einer Pfarrbücherei ausgeschiedene Jugendbücher. Das war ein kleiner Festtag für uns und ganz aufgeregt brachten wir die Schätze heim. So ein Abend, wo nach dem Rosenkranz Äpfel zu teilen waren oder gar einige in der Durchsicht des Stubenofens braten durften, dass der begehrte Duft sich breit machte, ja so ein Abend gab sehr viel her. Es war nicht üblich bei uns daheim, dass einer den anderen übertrifft, das Zuhören und Mitreden war stets Ehrensache und es lag den Gesprächen der langen Abende im Advent etwas Feierliches zugrunde.

Natürlich war die Nacht der Herbergsuche, wo das Muttergottesbild in unserer warmen Stube unter dem Herrgottswinkel einen sicheren Platz bekam für diese eine Nacht, besondere Ehrensache für uns.
Durch die undichten Fenster brannte die Kerze unruhig und dafür aber redeten wir aus Respekt vor dem ehrwürdigen Besuch noch leiser. Die alten Weihnachtslieder taten das ihre zu dieser Stimmung und die allergrößte Freude war für uns wohl, wenn Mutter an so einem Abend das Spinnrad ruhen ließ und uns Geschichten erzählte. Das kann wohl nur eine Mutter, den kleinen Kindern mit allen Sinnen Herzlichkeit zu vermitteln, die sich einprägt und ein Leben lang unauslöschlich erhalten bleibt. Und wenn sie uns wiedereinmal, weiß Gott zum wievielten Male die vertraute Geschichte vom Pecher Lenz erzählte, so rückten wir ganz nahe heran. Einerseits um nichts zu überhören, andererseits aber, um ja nicht allein zu sein und Mutters fürsorgliche Nähe zu spüren, wenn es unsagbar traurig wird in dieser Erzählung. Das eine oder andere Köpfchen suchte sich dann immer in die Schürze zu graben, gestreichelt und umsorgt zu werden. Wenn es dann still und nachdenklich wurde dauerte es nicht lange, und viele Fragen der Besorgnis rankten sich um diese für uns damals so traurige Geschichte. Wir konnten dieser Erzählung deshalb gut folgen, weil der Beruf eines Pechklaubers von der Sinnhaftigkeit dieser Tätigkeit und der praktischen Verwendung der wertvollen Naturprodukte uns noch bekannt war. Arm waren wir aber ganz sicher nicht. Wir hatten genug zum Anziehen und täglich genug zum Essen, Hunger mussten wir nie leiden. Das Leben der Bergbauernfamilien war damals recht bescheiden, aber ganz sicher waren die Leute zufrieden und glücklich.

Der Pecher Lenz

Ganz weit im Norden, in einem riesigen sehr waldreichen Gebiet, die Leute nennen es noch heute das Riesengebirge, lebte einst ein armer Mann mit seiner Familie. Er war ein verlässlicher Diener des Königs. Er musste in den Wäldern nach dem Rechten sehn und fleißig Pech klauben, das vielfältig Verwendung fand. In einem kleinen, armseligen Holzhäuschen in einer Waldlichtung lebte er bescheiden mit seiner Frau und seinem Buben, dem kleinen Lenzi. Nur wenige Räume hatte das Häuschen der armen Leute, eine kleine Küche mit einer gemauerten Feuerstelle, eine niedrige Stube mit zwei Guckfenstern und einem Ofen, unterm Dach zwei Schlafkammern mit schrägem Riemenboden und kleinen Dachluken. Ein kleiner Ziegenstall mit einer Streuschupfe und einer niedrigen Scheune darüber waren für den Lebensunterhalt besonders wichtig. Daneben plätscherte tagaus und tagein munter das kalte Quellwasser in den hölzernen Brunnen. Das bescheidene Anwesen war eine gute Gehstunde von der nächsten Ortschaft entfernt und nur selten kamen die Leute ins Dorf. Sie waren ganz bescheidene Selbstversorger und bauten in mühsamer Handarbeit Roggen, Hanf und Flachs an, pflegten den Krautgarten und verarbeiteten auch die kostbare Ziegenmilch zu Butter und Käse. Manchmal kamen feine Leute aus der Stadt heraus und kauften um ein paar Kreuzer guten Vorrat.

Als der Bub in die Schule musste, da begleitete ihn die Mutter wochenlang, bis er sich den Weg durch den Wald alleine zutraute. Es war im Frühwinter, der erste Schnee fiel in der Nacht und übermütig stapfte der kleine Lenzi zur Dorfschule, wo es große Aufregung gab. Die Kinder erzählten sich Geschichten von den unschuldigen Winterfreuden und so kam auch die Rede auf das Christkind. Die Lehrerin nützte diese fröhliche Stimmung und versuchte alle angeregt erzählen zu lassen.

Die Augen gingen dem kleinen Buben wohl über, als er erstmals von Dingen hörte, die er einfach nicht verstehen konnte. Einer der übermütigen Buben meinte schließlich: »Zum Lenzi wird das Christkind einfach nicht hinfinden, der lebt ja so versteckt im Wald.« Die Lehrerin ließ dies aber nicht gut sein, tröstete den Buben und redete ihm gut zu.
Auf dem Heimweg sinnierte der Kleine vor sich hin, er erschrak fast, so in Gedanken versunken den Weg so schnell hinter sich gebracht zu haben. Mutter freute sich und lachte ihm freundlich zu wie immer, doch spürte sie untrüglich, dass den Buben etwas stark beschäftigte. Sie setzte ihm die warme Kartoffelsuppe vor und vesuchte mit dem Büblein ins Gespräch zu kommen. Anfangs schaute er sie prüfend von der Seite an, bis es schließlich aus ihm herausbrach. »Mutter, ist es möglich, dass das Christkind brave Kinder einfach nicht findet? Können wir nicht heute schon eine Kerze in das Fenster stellen und auch Briefe schreiben? Die Kinder und die Lehrerin meinten und lachten noch dazu, dass uns das Christkind nicht findet, weil wir im Wald leben und arme Leute sind.« Jetzt erwachte die ganze Enttäuschung im Buben, er ließ den Löffel in den Teller fallen und suchte in Mutters Armen Zuflucht, um seine Tränen zu verbergen. Die Mutter strich ihm übers Haar, redete ihm gut zu und meinte, dass heuer das Christkind bestimmt zum Pecher Lenz kommt, dafür werden sie schon sorgen. Dem traurigen Buben genügte vorläufig dieses Versprechen, er war aber feinfühlig genug um zu merken, dass auch die Mutter ein bisschen Glanz in die Augen bekam. Er ging nun der gewohnten Arbeit im Ziegenstall nach und zeigte seinen Fleiß durch das Holzeintragen und andere kleine Dienste.

Erst spät am Abend, als schon alles still war ums Häuschen vom Pecher Lenz, stapfte der Vater von seiner Arbeit heim. Es schneite in der Zwischenzeit unaufhörlich und da gab es noch viel vorzubereiten für die Wildfütterung. Seine Frau lugte schon besorgt durch das kleine Fenster dem Waldrand entgegen, wärmte frische Ziegenmilch und legte eine dünne Scheibe Brot auf den Tisch. Der warme Ofen tat gut, um die durchnässte Kleidung aufzunehmen und über Nacht zu trocknen. Seiner Aufmerksamkeit entging es nicht, einmal nicht nach dem verrichteten Tagwerk gefragt zu werden. Seine Frau kannte er trotz des bescheidenen Lebensglückes immer fröhlich, doch heute wirkte sie bedrückt. Sie setzte sich zu ihm an den Tisch und erzählte ihm die peinliche Sache in der Schule wegen dem Christkind.
»Wir werden dem Buben diese unschuldige Freude heuer nicht mehr vorenthalten dürfen. Wir verkaufen einen Ballen Leinen oder du gehst auf den Weihnachtsmarkt und kannst vielleicht einem reichen Kaufmann eine unserer Ziegen in Einsatz geben?«, meinte der besorgte Vater. Zuversichtlich über diese Hoffnung hatte die gute Frau doch ihre Zweifel, ob sich eine Ziege gegen gewelltes Engelhaar, bunte Kugeln und Kerzen eintauschen lässt? Die beiden armen Leute redeten an diesem Abend noch lange über dies und das, dann wurde es finster in der Hütte vom Pecher Lenz und die Nacht wiegte sie in den Schlaf. Die Tage auf Weihnachten zu vergingen viel zu schnell. Am Vorabend von Weihnachten machte sich die arme Frau auf den langen Weg in die Stadt, schon bald nachdem der Bub den weiten Weg zur Schule hinter sich hatte. Sie nahm einen Ballen Leinen mit und wollte die Sache mit der Geiß erst mit dem Kaufmann besprechen, damit vor Weihnachten dem Buben nichts Auffälliges die Freude nehmen könnte.

Der Kaufmann hatte großes Vertrauen, ließ sich auf den Handel ein und beteuerte, die Ziege erst auf Ostern entgegenzunehmen. Das Leinen konnte sie gegen warme Handschuhe und einen Lodenstoff eintauschen. Ganz zufrieden und glücklich trat sie den weiten Heimweg an, verstaute die wertvollen Schätze unauffindbar für den Buben und strahlte über das ganze Gesicht vor Glück und Freude, als der Bub am späten Nachmittag von der Schule kam. »Morgen ist Heiliger Abend, da bleibt die Schule zu und wir haben Ferien, da kommt heuer das Christkind Mutter!«, meldete der Kleine schon zur Tür herein.
An diesem Abend verrichteten sie die Stallarbeit noch früher als sonst. Es sollte ein gemütlicher Abend werden und so goss die Mutter frischen Kräutertee auf und heizte den Ofen tüchtiger als sonst. Sie warteten auf den Vater, doch nichts rührte sich. Das vertraute Stampfen vor dem Haus, den Schnee von den schweren Schuhen zu klopfen, war nicht zu vernehmen, es blieb ganz still. Es mag wohl schon auf Mitternacht zugegangen sein, als der Bub neben dem Ofen einschlief. Die gute Frau lugte unentwegt aus dem kleinen Guckloch, aber vergebens. Als der Morgen graute war der Neuschnee schon knöcheltief angewachsen und vom Vater keine Spur. Da hielt es die besorgte Frau nicht mehr aus, weckte den Buben und gebot ihm die Arbeit bei den Ziegen. Sie stapfte durch den hohen Schnee, verwirrt von der schlaflosen Nacht und völlig im Unklaren, was wohl dem guten Mann passiert sein könnte. Sie konnte nicht ahnen, dass die Waldhüter des Königs ihn erwischten, wie er ein kleines Tannenbäumlein umsägte, um im armseligen Holzhäuschen das Christkind endlich kommen zu lassen. Seine Beteuerungen, das ganze Jahr über dem König zu dienen, halfen nicht.

Die Wachen waren streng und kannten keine Gnade. Gefesselt wurde er abgeführt und in den dunklen Kerker geworfen.
Als seine Frau am königlichen Hof meldete, dass ihr Mann von der Arbeit nicht heimkehrte und etwas Schlimmes passiert sein müsste, wurde sie bitter abgewiesen und gewarnt, sich in Acht zu nehmen. Ein strenger Wachtmeister herrschte sie an: »Ein Gauner, dieser Pecher Lenz, ein Taugenichts und armseliger Dieb! Aus dem königlichen Wald einen Christbaum zu stehlen, mehr braucht es wohl nicht. Wahrscheinlich hat er nicht das erste Mal gestohlen, dieser schäbige Pecher. Er sitzt auf jeden Fall über die Feiertage hinter Gitter, dann soll der König selber sehen wie ihm geschieht!« Er schlug die Tür zu und wies die arme Frau ab, ohne ihr Gelegenheit zur Rechtfertigung zu geben. Wie gelähmt bewegte sich die gute Frau durch den schweren Schnee zurück in ihre Waldheimat. Sie überlegte schwer bedrückt, wie sie das wohl dem unschuldigen Kind beibringen könnte. Schließlich kann er nichts dafür, so arm zu sein und obendrein auf jede Weihnachtsfreude verzichten zu müssen. Sehnlich erwartet beruhigte sie den Buben, dass alles wieder recht wird, aber Vater kann erst übermorgen heimkommen. Sie machte in der Stube Feuer, bald wurde es wohlig warm und so erzählte sie, unterbrochen durch verbissenes Weinen vor Traurigkeit, die volle Wahrheit über den schönen Weihnachtsbrauch und die Schattenseiten eines rechtschaffenen Lebens. Dünner Rauch stieg auf, hungrige Ziegen erinnerten an die tägliche Stallarbeit und es wollte an diesem Tag nicht Abend werden. Der kleine Lenzi lehnte am Fenster und stammelte seinen einzigen Wunsch an das Christkind vor sich hin, nur der Vater sollte frei sein, auf alles übrige in der Welt kann er gern verzichten. Langsam wurde es finster, die drückende Stille wurde manchmal von einem Schluchzen und Ziehen unterbrochen.

Doch plötzlich, was war das wohl? Es nähern sich Pferdeglocken und der Bub steht wie gebannt beim kleinen Fenster. Da kommt ein Reiter immer näher und hält auch wirklich vor dem Häuschen. Wer kann zu so später Stunde am Heiligen Abend noch alleine durch den Wald reiten?
Knarrend wurde der Riegel zurückgeschoben und die Haustür geöffnet. Die Begegnung überraschte alle völlig und so blieben sie wie angewurzelt hinter der Haustür stehen. Ein warm bekleideter schmächtiger Bub saß weinend auf dem kleinen Schimmel und stammelte etwas von einem Schneesturm. Er war wohl dem Erfrieren nahe und konnte sich selber kaum mehr bewegen. Das Pferd folgte dem schmalen Weg und ging dem Licht zu, weil es menschliche Nähe suchte. Ohne viel Worte zu verlieren verstand die gute Frau ihren Auftrag, umsorgte den Buben und ließ das Pferd zu den Ziegen in den Stall. Tee wurde aufgegossen und am wärmenden Ofen soll sich der vornehme Gast erst einmal wohl fühlen und zu sich kommen. Sie gab ihm trockene Kleidung vom kleinen Lenzi und flößte ihm warmen Tee ein. Inzwischen erzählte der verwirrte Bub die lange Geschichte vom Ausritt am Heiligen Abend und von dem fürchterlichen Schneesturm, der ihm jede Orientierung verwehrte. Es stellte sich bald heraus, dass er niemand Geringerer als der Königssohn war. Der Mund blieb dem kleinen Lenzi offen, so aufmerksam lauschte er seinen zaghaften Worten. In seiner bescheidenen Lodenhose und dem Rupfenhemd war es ja ein ganz normales Kind. Langsam röteten sich die Wangen wieder und die Nase hörte auf zu rinnen. Bald spielten sie mit den Fichtenzapfen und Holzklötzchen und krochen dabei in die warme Pflasterecke unter dem Ofen. Die Mutter wendete besorgt die nasse Kleidung am Ofengestänge und betrachtete die wundersamen Stickereien an der Jacke und das bunte Norwegermuster auf den Handschuhen.

Während die beiden Knirpse ganz vertieft spielten und alles andere um sich dadurch vergaßen, schob die traurige Mutter die schmalen Leinenvorhänge zur Seite und lugte in die stille Nacht hinaus. Da zeigte sich am Waldrand ganz deutlich heller Lichtschein, der stürmisch näher kam. Im ersten Moment glaubte sie an eine Täuschung und ihr wurde ganz schwindlig, doch jetzt war ein kräftiges Gebimmel von Pferdeglocken zu vernehmen. Erschrocken rannte sie zur Tür und öffnete noch bevor der erste Reiter abstieg. Die Pferde dampften und die Männer waren sichtlich erregt. Den König erkannte sie sofort und sie ahnte Schlimmes.
»Ist hier mein treuer Diener, der gute Pecher Lenz? Ich brauche dringend seine Hilfe!«, sagte bittend der König und schwang sich vom Pferd. »Mein Sohn ist heute morgen ausgeritten, er wünschte sich das zu einer besonderen Weihnachtsfreude. Er ist nicht wieder zurückgekehrt und wird sich wohl im finsteren Wald im Schneesturm verirrt haben. Der Pecher Lenz kennt alle Wege, er wird mir helfen, den verlorenen Sohn wieder zu finden!«
Die gute Frau kam nicht zu Wort und musste sich erst selbst fassen, deutete dem hohen Herrn ins Haus zu kommen. »Mit Einbruch der Dunkelheit ist der Königssohn mit seinem Pferd halb erfroren zu uns gekommen. Er sitzt wohlbehalten am warmen Ofen und spielt vergnügt mit unserem Lenzi.«
Nicht minder überrascht trat er in die warme Stube ein. Der Königssohn sprang vor Freude seinem Vater entgegen und vergaß das seltsame Spiel unterm Ofen. Der reiche Herrscher staunte nicht minder, seinen Sohn wohlbehalten in bescheidener Kleidung vorzufinden. Seine Blicke streiften die ärmliche Stube und blieben am kleinen Buben hängen, der jetzt traurig auf sein Spielzeug starrte und unverzüglich spürte, bald wieder allein zu sein.

»Hast du keine Weihnachtsfreude kleiner Bub? Ist zu dir das Christkind nicht gekommen?« Bei diesem Stichwort ging kurz ein Lächeln über das blasse Gesicht, doch traurig senkte er das Köpfchen und ahnungslos, wer da wohl vor ihm steht, stammelte er: »Der böse König hat meinen Vater in den Kerker sperren lassen, nur weil er uns eine unschuldige Weihnachtsfreude machen wollte und sich aus dem Wald, in dem er Zeit seines Lebens arbeitete, ein kleines Tannenbäumchen holte. Das Christkind kommt nicht zu armen Leuten. Das Christkind hat uns vergessen und der König auch!«
Der Bub senkte wieder sein Köpfchen und stahl sich zu seiner Mutter, um die Tränen in ihrer Schürze zu verbergen. Das Gespräch weilte nur kurz. Der kleine Prinz hatte nur noch einen Wunsch für dieses Fest. Der Bub, sein liebgewonnener Spielkamerad, sollte so schnell wie möglich seinen Vater wieder bekommen. Der völlig überraschte König wickelte seinen Sohn in eine warme Decke, hinterließ die durchnässte Kleidung und das strapazierte Pferd der armen Familie. Er eilte zum Königshof und ordnete alles an, um bereits im Morgengrauen mit dem freudestrahlenden Pecher Lenz, einem prächtig geschmückten Weihnachtsbaum und vielen wertvollen Geschenken die Traurigkeit im kleinen Anwesen verfliegen zu lassen.
So wurde wirklich Weihnacht im armen Häuschen. In großer Dankbarkeit feierte die Familie und lobte Gott den Herrn für seine Gerechtigkeit und Fügung.

Die Deutsche Bibliothek - CIP-Einheitsaufnahme

Sagenhafte Kindheit / Texte von Rupert Mayr. Fotografien von Bernhard Mayr
Innsbruck : Ed. Löwenzahn, 2000
ISBN 3-7066-2241-6

© 2000 by Edition Löwenzahn in der StudienVerlag Ges.m.b.H.,
Amraser Straße 118, A-6010 Innsbruck • e-mail: order@studienverlag.at

Umschlag und Layout: thöni visual design

Das Buch wurde in der neuen Rechtschreibung verfasst.

Alle Rechte vorbehalten. Kein Teil des Werkes darf in irgendeiner Form (Druck, Fotokopie, Mikrofilm oder in einem anderen Verfahren) ohne schriftliche Genehmigung des Verlages reproduziert oder unter Verwendung elektronischer Systeme verarbeitet, vervielfältigt oder verbreitet werden.

Gedruckt auf umweltfreundlichem, chlorfrei gebleichtem Papier.